目次

清らかに——＊

人々と共に——＊

遥かなるもの――＊

光の方へ――＊

彼方からの声

装丁・松本七重

本書は、カトリック教会のラジオ番組「心のともしび」にて２０１２年より放送されたエッセイをまとめたものである。

目覚めていく

目覚める

電車の中で、すやすやと眠っている赤ちゃんを見た。母親の胸に抱かれ、安心して小さな瞼を閉じている。無垢な瞳が目覚め、世界に向かって開く瞬間はどんなだろう。その光の瞬間を思っただけで私の目にも眩しいものがあふれて来るようだった。

世界とはどんなところなのか。そして自分自身は何者なのか。それらは、まだ自分が確立されていない青年の問いのように見える。だが、たとえ社会で成功をおさめ、その仕事や人柄が多くの人々に知られるようになっても、「私は本当は何者であるのか」という問いは、心の中で続くのではないだろうか。

人の一生とは、人が本当の自分自身に目覚めていく長い時間のことなのではないか、と私は思っている。誕生したばかりの無垢な瞳で世界を見て以来、人は何度も目の覚める思いをしては、生きることを深めていく。その道のりを進むために、人には長い時間が与えられているような気がする。

私たちは一生をかけて目覚めていく。目覚めて世界を見つけ、生きることを見つける。何と恐ろしく、同時に素晴らしい時間だろうか。そして最後に見つけるのは自分自身なのだ。

ただ私たちには、様々な仕事において、文字通り我を忘れて努めなければならない時期がある。この時ばかりは、自分自身を見つけるどころか、自分の健康も顧みず、食事すら忘れてしまう。自分自身に出会えるのは、そんな経験の後の、締めくくりの時期かもしれない。もっとも重要な人生の課題が、最後に私たちを待っているのである。

暖かい光が私たち一人ひとりの上にある。初めて世界を見た光の瞬間を人は皆、与えられていたのだ。それは輝く恵みではなかったろうか。ささやかでも進んで行きたいと思う。光とともに目覚め、知ることへ。

まなざし

「まなざし」とは、人が何かを見る時に向ける視線のことである。だが単に視線とか目つきというには留まらない、深い意味があるようだ。実際、哲学や文学、特に批評の分野においては、ただ見るだけではなく、見る対象をどのように認識するかという意味合いで用いられている。人は見ることで世界を認識し、確かめながら生きている、ということだろうか。

世界を確かめ、内省しているまなざし。彫刻家舟越桂氏の手による人物像は皆、まさにそのような深いまなざしをしている。聖フランシスコ像は両手を広げ、聖母像は幼子イエスを抱いて、静かなまなざしをやや下に向けている。うつむきがちな姿勢は忍耐を表しているようであり、また自らを省みているようにも見える。もしかすると、訪れた人と目が合うように、像は下を向いているのかもしれない。「私の目をご覧なさい。私を通って主に近づいていらっしゃい」。そう語りかけるために。この時、まなざしは一本の静かな通路になっているのではないだろうか。

また舟越桂氏の作品には、遠いまなざしをしている人物像も少なくない。過去の時間を甦らせ、彼方の場所を思っている彫像の表情に、訪れた人々は惹きつけられ、立ち止まってしまう。自分たちもまた、同じまなざしを持ち、思い出や憧れを求めてやまない者であると気づくからだ。

「まなざし」という通路は限りなく開かれる。人間の世界を超えた永遠へ。沢山の課題が積まれた現実の世界へ。そして最も遥かな未知な世界、私たち自身の中へ。

ひそやかな決断

「決断」という言葉を聞くと、政治家や企業家がリスクを冒しつつ、重要な決定を下す場面などが思い浮かぶ。何か重大な局面にふさわしい、そんな言葉に思われる。

現代においては、迅速に決断し、実行に移す能力が求められている。かつて、将棋の棋士羽生善治氏の著書『決断力』がベストセラーになったのも、それだけ多くの人々が決断力、そして決断するためのヒントを求めていたからだったろう。

私たちは、日々、少しでも有利な選択をしようと奔走しては「決断をした」と思ってしまうが、実際は捨てる作業をしているのである。

華道の達人によれば、花は活けるより捨て得ることが要なのだそうだ。

惜しまずに大胆に枝を切り捨ててこそ、生け花が成り立つ。

詩を書く時も同じで、言葉を生み出しているように見えて、実は、一つの比喩を選ぶために、無数の言葉を捨てている。詩集の余白は、選ばれなかった言葉たちが退いていった距離なのだ。

それだからだろうか、惹きつけられるのは多くを捨てた人の佇まいである。生きる途上で、ひそやかな決断を重ねて、不要なものを削ぎ落した心のかたち。大きな組織を動かしたり、社会を変えたりはしないが、それは揺るぎない強さをもって、人の中にある。

誰に披露するためでもなく、ただ静かに決断したことを守り、実行していくことが、その人を内側から強くしている。いわば自分自身との約束が、骨格のようにその人を支え続けているのだろう。

そんな人の姿こそ、ひそやかな「決断」という言葉にふさわしいように思う。

クラーク博士の言葉

「少年よ大志を抱け」という言葉がある。明治時代、札幌農学校でキリスト教の信仰に基づく教育をしたクラーク博士の言葉である。私はこの言葉を「少年たちよ、大きな野心と向上心を持って、広い世界に出て行きなさい」という意味だと思い込んでいた。が、成人して札幌を訪れた折、この全文を知って驚いてしまった。全く違う意味だったのである。

「青年よ大志を抱け。それは金銭や我欲のためでなく、また名声と世間が呼ぶ空しいもののためであってはならない。人としてあるべき全てに到達するために大志を抱け」

つまり、お金や名誉ではなく、高潔な人間になることをこころざせ、という意味だったのである。それを知って、私は自分の中の何かが剝がれ落ちるのを感じた。

大志すなわち若者の夢とは他人に勝つこと、社会の成功者になることだと思っていた私は、競争社会の価値観にすっかり染まってしまっていたのだろう。

人は夢を持つ。植物が種子を抱くように。やがて花が咲くが、どのような色と形になるかはわからない。夢はいろいろな叶い方をするのである。

競争は生物としての人間の本能かもしれないが、勝つことだけを夢に掲げると、幸福は遠ざかるようだ。望んだ通りではなくても、思いがけない形で与えられている恵みに気がつく心でありたいと思う。

「人としてあるべき全てに到達するために」とは、私たちにとって何という大事業だろう。だが、高潔なものを信じ、少しでも良き人間像に近づこうとする時、私たちは、本当は誰に近づいているのかに気づく。そして静かな喜びと共に、夢を持つことの意味を知るのである。

道に迷う

私は方角を認識するのが苦手で、よく道に迷う。地図を見ながら歩いていても、なかなか目的地に着けない。迷子になってしまって、電話で友人に助けを求めることも少なくないのだが、その時、言われる言葉がいつも同じである。

「今どこにいるの？　わからないって……それなら、そこから何が見える？」

人生にも複雑な分かれ道がある。進学、結婚、就職転職をはじめ、生き方を選ぶような時ほど、人は迷い、悩む。一体何を頼りに判断したらよいのだろうか。

私は地図や方角がわからないという弱点のおかげで、友人たちから人生の貴重な解決法を教えてもらったような気がしている。すなわち、迷った時は、自分がどんな場所にいるのか、そしてそこから見えるものは何かを知る、ということである。

或る時に、詩人団体の役員になって欲しいというご依頼を頂いた。多くの時間と労力を捧げなければならない、実は大変な役割なので、私は引き受けたくない。だが、お断りするのも難しい。どうしたらよいか困ってしまった。それでまず、自分がどんな場所にいるのかを考えてみた。経験を積んで、多くの仕事が出来る年齢になっていること、だが作品に集中するべき大事な段階だと思っていること。見つめ続けているうちに、自分の得にならないことはしたくないと考えている自分が見えた。嫌な仕事を押し付けようとしているのではなく、私に期待して下さっている人々が見えた。温かい厚意に包まれながら、身勝手な小さい自分……

工夫すれば、時間は生み出せるだろう。むしろ助け合うことで増えるかもしれない。苦しみがあっても、それは善き時間なのだ。私は承諾の返事をした。善き時間がその瞬間から始まったようだった。

ひらかれていく

始める

1・2・3・4・5・6・7・8・9、この中で最も好きな数字はどれですか？というアンケートを友人たちに答えてもらったことがある。最も人気があったのは1で、理由は「1番になりたい」、「1人が好き」などだったが、中に「1は始まりだから」という回答があって、興味深かった。確かに、人間は何かを新しく始めることが好きな生きものでもある。

思い出せば、入学や入社など初めての世界に入っていく時は、期待と不安で胸が一杯になった。それまでとは違う日々が始まるのだ。頑張ろう、と張り切っているが、未知の世界が不安で心配でもある。この喜びと恐れが混ざり合って、胸が騒ぐのが、一歩を踏み出した時の心境ではなかったろうか。

また、私たちは思い定めて何かを始めることがある。例えば、大人になってからの習い事や勉強、ボランティアなどがそうだろう。その人の内部の時間が満ちてきて、始めたことなので、外側にある年齢などというものには関係がない。三〇代の終わりに定時制の高校に通った人もいれば、六〇歳を越えて大学に通い、博士号を取得した人もいる。

始めるとは、自分をゼロの位置に置くことだ。傲りや飾りを捨てて、無心になると、自分自身が開かれていく。すると、最初は小さな泡のように、やがては泉のように湧いてくるものがある。それは静かな喜びだ。世界を迎え入れる喜びだ。

無心で待っている者に、善きものが与えられないわけがあるだろうか。それは信じられてもよいのではないだろうか。

新しい年が開かれた。私たちも静かにひらかれていく。

心を開く

「部下が心を開いてくれない」という上司の悩みを人生相談で読み、職場の人間関係の苦労に感じ入ったことがあった。毎日の厳しい業務をこなしながら、心まで開かねばならないとは、何と大変なことだろう、また他人の心を開くなど、不可能なことに努めねばならない上司も、さぞつらいだろうと思ったのである。

本来、人間は閉じている生き物なのではないだろうか。脳も内臓も閉じた身体のなかにあり、人としての精神は、更に奥深くしまわれている。閉じることで、一つの個体として生きているのであり、外界から自分を守っているのである。常に敵やライバルが隣にいるような現代社会では、なお自衛の殻を堅くして、内側にある柔らかい心を守らなければならない。

それでいて、多くの人々と社交上は親しくつきあい、尊重し合っていかなければならないのだから、楽ではない。

だが、そんな私たちでも、喧騒を離れて、ひとり静かに祈る時、身の内に、震えるような動きを感じることがある。それは、作り上げたつまらない殻を内側から叩き、開いていこうとする心なのだろうか。遥かな存在に向けて開くこと、ただそのために与えられて、ここにいるのです、と言う声も聞こえて来るようだ。

自分を越えた遥かな存在を知った時、愛をもって包まれているのを感じた時、心は喜びに開く。世事に多忙で有能な人ほど、祈りながら待つ、長い時間が必要であるだろう。

生涯に一度しか咲かない花があるように、私たちも一生をかけて開いていく者なのかもしれない。ただその一生が、光を浴びて生かされていることを無心に喜び、感謝のうちに陽を仰ぎ続ける時間であるなら、つぼみにとっては、最高の幸福ではないかと思うのである。

壁を乗り越える

不況という北風に日本列島が凍えている。卒業はしても、希望通りの就職ができない学生が今年も少なくない。入社面接で「今まで、壁にぶつかって苦労した経験はありますか？」と訊かれた時、「就職が大きな壁です」と答えたい気持ちだろう。実際にそんな答えをする学生がいるかどうかはわからないが、ただその時、「いいえ、壁にぶつかったことはありません。順調に来ました」と答えると、マイナス評価がついてしまうそうだ。人間が何かに真剣に取り組めば、壁にぶつかって悩むのが当然。それがない学生は物事に真剣に取り組んだ経験がなく、ストレス耐性もない、と企業では判断するということなのかもしれない。

確かに、仕事にも人間関係においても、悩みは尽きない。自分の未熟さや能力の乏しさに苦しむ。困難な課題が壁となって、目の前に聳え立っているように感じる。そして困ったことに、壁にぶつかるのは一度だけではないのだ。努力して乗り越えてみれば、更に高い場所に、また壁が見える。

でも人間は可能性があるから悩むのである。到底無理なことなら諦めるし、そもそも視野にも入らない。だから、課題に気づき、乗り越えたいと望み、悩み始めた時点で、壁は半分崩れたようなものだ。それはもう聳える壁ではなくなり、足を上げれば乗ることのできる階段の一段になっているのだと思う。心を落ち着けて眺めれば、目前に伸びているのは長いけれど登れそうな階段だ。嬉しいことに、先に登って行った誰かが手すりをつけてくれている。あとは自分を信じて進んで行けばよいのだ。それは私たちの中におられ、私たちを生かして下さる方を信頼することと同じなのだと思う。

道はまわり道

「まわり道をしても……」の後に言葉を続けるとしたら、何だろう。「まわり道をしても、夢を叶える」「まわり道をしても、危険な道を行くよりは良い」といった文章が思い浮かぶ。まわり道は出来る限り避けたい、近道を早く行きたいのが人間の本性で、まわり道を肯定的に捉えることはなかなか出来ない。

だが考えてみれば、たった一本の最短距離の道以外はすべてまわり道なのである。そして、常に最短距離を進み続けることなど、現実にはほぼ不可能なのである。距離を移動する場合に限らず、仕事でも勉強でも、人間は一人残らず、まわり道をして生きている。このまわり道ゆえの喜怒哀楽を、私たちは人生と呼んでいるのではないかと思う。

この道は長い。「近道を行く」ことも「早く歩く」ことも、必ずしも求められてはいない。耳を澄ませれば、聞こえるのは「よく歩きなさい」という声だ。どうすればよい歩き方が出来るのかは、教えられない。それは、道に立った者が、それぞれ自分で考えることなのだ。そのために長い時間が与えられているのだろう。その声はただ陽のように照り、雨のように降って、人の心を濡らす。考えこんで立ち止まり、あるいは引き返す人間の足をいたわるように、声は静かに注がれていく。

つい最近、「回道」という苗字の方がおられることを知った。お名前を拝見しただけで、ほのぼのとした気持ちになった。ゆっくり歩いてもいいのだ。心をひらき、耳を澄ませているなら。もしかすると、傍らを歩いている人が助けを求めているかもしれない。手を差し伸べた時、そこに何かが宿るかもしれない。それらに気づけるような歩みをしていたいと思う。

心新たに

新しいものには良い香りがある。おろしたてのシャツ、新鮮な野菜や茸。新学期に配られる教科書を開くと、良い香りがして、胸がワクワクしたことを思い出す。こんな気持ちになるのは私だけではないらしい。真新しい車の匂いを保つ、新車の香りスプレーさえ売られているのである。

本来、人間は新しいものが好きな生きものであるらしい。新しもの好きであるが故に、人類は進歩繁栄したのだと唱える学者もいるほどだ。

ところが不思議なことに、自分からかけ離れて新しいものは、人間は受け付けない。人が好むのは「なじみのある新しいもの」なのだそうだ。よく知っている野菜の中の、例えば新種のトマトやかぼちゃであれば、食べてみようと思う。しかし、食用トカゲでは、食べる気にはなりにくい。実際には美味しくても、爬虫類を食べることにはなじみがないから、受け付けないのである。

日常を楽しくするコツは、この「なじみのある新しいもの」に多く触れることであるそうだ。

私たちにとって、最もなじみのある、親しくて新しいものは何だろう。それは心ではないかと私には思われる。心はいつも私たちの内にいて、悲しんだり、喜んだりしている。大事にすることをつい忘れてしまうくらい、私たちに親しい。そして、私たち自身でありながら、なかなか思い通りにはならない未知の生きものだ。

そう、心からは良い香りがする。新しいシャツに腕を通して、その香りに、今日を一日頑張ろうと思う時、心も良い香りを放っているのだ。

ささやかでも善きことをめざす時、陽の方角へ花が向くように、心はひらいて良い香りを漂わせるのかもしれない。

一日が新しく始まる時、心もまた始まる。今日一日の新しい心を始めたいと思う。

困難な道を

キリシタン大名としてよく知られる高山右近は、殉教の生涯が認められ、この度、福者の位にあげられることになった。殉教者と聞けば、迫害を受けた果てに殺害されるといった、壮絶な生涯を私たちはイメージしがちだ。だが、高山右近はキリシタン禁教令の下で、不遇な人生に耐えぬいた人であり、いわば生き続けることに殉教があった、静かなる殉教者だったようである。

右近は戦国の武将としても立派であったが、六万石の領地と財産をすべて棄て、信仰を守って生きることを選んでいる。魂の人として生きようとしたのだろうか。

魂の声を聴き、それに従って生きるのは大変に難しい。現代人である私たちも同じである。魂は大事なことほど小さな声で囁くので、静かに自分自身を澄ませていないと聞こえない。そしてしばしば、声は私たちに、より困難な道を行くように指し示す。だが、その道が私たちの道なのだ。

或る医師が、一日の仕事を終え、疲れて帰宅した。やっと休めるという時、病院から電話がかかってきた。相談事を抱えて、医師に面会を求めて来た人がいたのである。降る雪の中を、彼は病院に引き返して行った。電話で話を済ませることも、面会を断ることも出来たであろうが、彼の魂のようなものが、そうさせなかったのだろう。聖人や福者には及びもつかなくても、このようなささやかな行為で、人は魂に答えているのである。

ささやかなことを積み重ねて、私たちは困難な道を行く。時々は怠けて楽をする。それからまた、魂のことを思い出し、自分らしく歩いて行く。

生きる喜び

虔十のよろこび

生きる喜びについて考える時、どうしてもこの人物を思い出さずにはいられない。宮沢賢治の童話「虔十公園林」の主人公、虔十である。虔十は「縄の帯をしめ」「杜の中や畑の間をゆっくりあるいて」いて、世間の人々とは少し違っている。彼は雨に濡れて青くけむる藪や、空を駆ける鷹を見ては、跳ね上がって大よろこびをする。特に、風に吹かれたぶなの葉が揺れて光る時などは、嬉しさのあまり笑いながら「いつまでもいつまでもそのぶなの木を見上げて立っている」のだ。

虔十は樹木や鳥たちに生命の美しさ、力強さを見、彼らの生きるよろこびの声を聞いている。世界は何と光にあふれていることだろう。虔十の身体からもよろこびがあふれ出す。

虔十は杉の苗を両親に買ってもらい、野原に植えて、杉林を作る。利益を生まない、美しいだけの林である。虔十はこの杉林をよく手入れして清潔に保ち、晴れの日も雨の日も見守ってよろこんでいた。子どもたちが遊びに来れば、なおよろこんで笑っていた。人は喜びをもたらしてくれるものを、そばに置いておきたいものだ。離れて住んでいる子どもや孫たちの写真を、祖父母が部屋に飾っておくように。虔十は美しい林を作って、自分のそばに置いたのである。そこは、この世の役には立たない分だけ清らかな、彼の魂のような場所だった。

この童話を読むと、なぜか「人には魂というものがあるのだ」と大声で言いたくなる。それから、「生きることを喜んでいたい、一本の野の花のように」と小さな声でつけ加えたくなる。

「今日の」祈り

或る作家が、重い病に倒れた時のことをエッセイに書いている。身体も動かせなくなった彼は、一年間の日付が当たり前のように印刷してあるカレンダーが腹立たしくてならなかったそうだ。自分にはもう未来がないと感じていたからである。彼はカレンダーを日めくりに変えた。今日という日があることだけを示す日めくりなら、彼は信じることが出来た。彼はその日一日生きたことを自分に言い聞かせ、一日の終わりに、日めくりを一枚ずつ破った。そうして、彼は少しずつ回復していった。

私たちは健康でいる間は、今日一日を生きていることを当たり前に思っている。それどころか、この先も元気に活動できることを前提に、将来の計画を立てたり、長期にわたる仕事を始めたりする。

だがもし、この作家のように、突然倒れ、社会生活を奪われたらどうだろう。今日という日は、全く別の意味を持ってくるに違いない。

私たちは祈るということを知っている。祈りの習慣を持たない人でも、朝、目が覚めて、今日も頑張ろうと思ったり、よき一日であれと願ったりするものだ。それもその人なりの、一日の最初の祈りであるように思う。

けれども、今日一日が特別に与えられた恵みであると気がついたなら、その人の朝の祈りは、喜びと感謝の祈りになることだろう。悩みや困難な問題を抱えていても、それは、今生きているからこそ抱えられるのである。

「今日の」祈りとは、「今日を祈る」祈りではないだろうか。生かされていることを喜び感謝する祈り、そして悩みや困難は必ず乗り越えられると、私たちは回復していくと信じる祈りなのであると思う。

学ぶ喜び

小学生の頃、私は読書が好きで、学校の図書室の気に入った本はあらかた読んでしまい、先生用の資料まで読む始末だった。図書室の奥には先生のための書架があって、指導書等が数多く並んでいたのである。生徒が仮病を使って保健室に来た場合の対処の仕方などが書かれた本もあって、渦中にある小学生には大変面白かった。そしてページを繰りながら、先生も参考書を読んで勉強するのだ、と知って、不思議な気持ちを味わった。学ぶのは自分たち子どもだけだと信じ込んでいて、先生たちが教えるために、遥かに多く、深く学んで努力しているということなど想像もつかなかったのである。

生きる喜びの一つは学ぶことではないか、と私は思っている。昨日までは出来なかったことが出来た喜び。知らなかったことを知る喜び。たとえささやかなスキル、ささやかな知識に見えても、何かを新しく身につけていけるのは嬉しい。幸福とは、そんな風に世界にひらかれていく日々のことだと思うのである。

米国のニュース番組で、日本の素朴なニュースが流れたことがある。そば作りを学び、第二の人生を出発した女性が紹介され、はにかみながら「そば作りは私の生きがいです。老後の楽しみにしようと思っております……」と話した後に、「……Making Soba widened my horizons……」(そば作りは私の地平を広げてくれた)と英語字幕が流れた。まさに彼女は自分の地平を大きく広げ、新しい人生に乗り出して行ったのである。

学ぶことは、その人の可能性を広げる。その人自身をひらき、地平線を遥か彼方まで伸ばす。世界にはその広さだけ、学ぶことも多くあり、喜びもまた限りなく生まれるのである。

一篇の物語

人の一生は、一篇の長い物語でもあると私は思っている。だから「年を重ねる」とは、物語のページが一枚ずつ増えて、重なっていくことではないかと思う。それらの物語は人の数だけあり、一篇として同じストーリーはない。人は皆、自分の物語の主人公であり、同時に作者なのである。

以前、親戚の家を訪ねた時、高齢のご夫妻がお客様になっていらしたことがあった。北国で長く医師として働いておられた方で、初めて会う私たちにも、親しくお話をしてくださった。

「昔はね、北の土地は暮らしも厳しいものでした。特に冬は雪が多くて大変だった。狭い山道は車が通れませんから、私は馬に乗って往診をしました。夜中に病人が出ると、馬で駆けつけるんです。吹雪の時もありましたよ」

食卓には、美味しそうな食事が並んでいたが、そこに何もないかのように、その方は静かにお話を続けられた。

この方は、ご自分の物語を私たちに読んで聞かせてくださっていたのである。それは北国の厳しい自然と闘う物語であり、人々を救い続けた無名の人の輝きの物語でもあると私には感じられた。その方は古い時間の中に沈み、物語のページをめくっておられたので、食べ物など目に入らなかったのだろう。降る雪が目の前に見えるような、心に残るひとときだった。

人の一生は、ただ流れていく時間ではない。かけがえのない物語を生きていくことなのだ。自分自身が読み返し、また人々にも読まれるページの一枚一枚。この地上で静かに輝く人々の物語に敬意の気持ちを持っていたいと思う。

美しく老いる

老いることについて、文芸評論家メイ・ランバートン・ベッカーはこう言っている。「私たちが老いる時、より良くもより悪くも老いることはない。より私たち自身のように老いるだけだ」。彼女はニューヨークの主要な新聞に書評を書き、四〇年以上にわたる読書案内で知られた人である。老いにまつわる物語を沢山知っていただろうし、八四歳で亡くなるまで、自分自身の老いにも向き合っていただろう。

彼女の言葉は、私たちの生き方を問う厳しい意味も含んでいるように思われる。「より私たち自身のように老いる」とはどういうことだろうか。「私らしく老いる」であれば、今の自分が持っている長所や才能を生かし、無理をせず、自分の分相応に老年を暮らすということだ。だが、「私たち自身」

は「私たち」とは違う。もっと生きる本質にかかわるものだ。例えば、人生の道に迷った時、心の奥から静かに囁きかけてくるあの声であり、天を映す水たまりのように、遥かな存在を教えてくれるもの。

ベッカーの言葉はこう言い換えることもできるかもしれない。「私たちは今の自分以上に良く老いることはできない。また反対に、今の自分より悪く老いることもできない。ただ今まで私たちが生きてきたように老いるのである」。もし、美しく老いたいと思うなら、それまで美しく生きてきていなければならない。「美しく生きてきましたか？」と問われたら、私は困って逃げ出してしまうだろう。ただこう答えることならできるかもしれない。「私はただ美に憧れることしかできません。それは天に属するものだからです。でも、あなたが地に降ろして下さった方の美しい生き方に倣いたいと願う者の一人です」。

幸福の秘訣

「一歩でも前に進むよう、常に努力していなさい」と言われると、大変な重荷を背負わされたように感じてしまう。常に頑張り続けるなんてつらい、楽をしたり、休んだりしたいと思う。

だが「たえず一歩前に」進むのは、実は人間の本性によく合っているのである。人は、新しいスキルを身につけたり、学んだりして成長していくのを喜びとする生き物なのだ。私は勉強嫌いの怠け者ですからと言う人も、趣味においては努力を重ねていて、見事な技を持つ達人であったりする。

私は子どもの頃、自転車に縁がなく、乗れるようになったのは、三〇代も半ばだった。大人のための自転車教室を見つけ、そこで乗り物に乗るコツを丁寧に教えて貰い、半日頑張って、とうとう道を走れるようになった時の嬉しさは忘れられない。ペダルを踏んで進めば進むほど、世界は大きく広がっていき、新しい自分が始まったようだった。

練習したのは半日だったけれども、自転車に乗りたかった幼い日から数えれば、三〇年の年月がある。諦めず願い続けることで、私は望みが叶えられる時へと、一歩ずつ近づいて行っていたのかもしれない。

幸福に生きる秘訣の一つは、日々の中に小さな喜びを見出すことだと思っている。その喜びが、一歩ずつ自分が成長していける喜びであれば、なお良いと思う。散歩の途中で、道端の花を見るのも喜びだが、自分で育ててみれば、喜びは深いものになる。咲いた花を誰かに贈れば、今度は人に喜んでもらえる。新しい世界と新しい自分が始まるのだ。日々が続くように、私たちもたえず、一歩ずつ進んで行く。前へ、幸福の中へ。

穏やかな日々

ユーモア

現代社会において、人が感じるストレスは数多くあり、様々に心身を苦しめるが、解消法もまた人間の数だけあるのではないかと思う。私の好きなストレス解消法は、冗談を言って笑うことだ。子どもの頃から、ウイットのある大人たちが周囲にいて、その笑いの中で育ったせいかもしれない。

昔のことだが、或る日、両親が揃って出かけることになった。だが父の支度が遅く、洗面所からなかなか出て来ない。母はイライラと怒り始めた。その日は、母方の祖母が訪ねて来ていて、洗面所へ父の様子を見に行ってくれた。「まだもう少し時間がかかるかもしれないわね」「まあ、一体何をやっているの？」母はまた腹を立てたが、祖母は面白がっているようだった。「鏡の前でね、一生懸命髪の毛を……並べているわ」。父は髪が薄かったのである。母は思わず、ぷっと吹き出して笑った。緊張していた部屋の空気が和らいで、明るくなり、母はもう怒らなくなった。笑ったせいで、心がほぐれ、父が少なくなった髪を整えるのに苦労していること、労ってあげなければいけないことを思い出したのである。二人は仲良く出かけて行った。

人は不幸な時ほど、笑いを必要とする。笑いは、不幸に閉じ込められた状況をすぐ幸福に作り変えはしないが、少なくとも、幸福の方角に大きく窓を開ける。良き笑いは、人間の愚かさや至らなさを露わにしながら、誰も傷つけない。自分たちのありのままを受け入れて、何とかやっていく勇気を与えてくれるものである。笑うことで、人は日々の厄介なストレスをいなしていけるのではないだろうか。私自身もストレスが溜まって疲れた時など、ユーモアのこもった祖母の一言が、生きる楽しさの方向へ大きく窓を開けてくれたことを思い出す。

約束

ハル君は幼稚園に通う五歳の可愛い男の子である。変身ロボットが大好きで、ママと一緒に行くスーパーマーケットの、おもちゃ売り場に飾られている大きくてカッコいいロボットに憧れている。このロボットは、お誕生日に両親から買ってもらう約束になっていて、ハル君は待ち遠しくて仕方がなかった。お誕生日は三ヶ月後である。幼い子にとって、三ヶ月という時間は途方もなく長い。だが、ハル君はじっと待ち続けた。

そして、とうとうその日はやって来た。ハル君は嬉しさに口もきけないほどだったが、両親がスーパーでなく、デパートに行こうとしているのを知ると、ショックを受けて激しく泣き出した。両親にはデパートでの買い物があり、ロボットも一緒に買おうとしただけなのである。だが、ハル君は、長い間待たされるうちに、あのスーパーであのロボットを買うのだ、と心に焼き付いてしまい、変更が効かなくなっていたのだ。両親はハル君を説得するのに大変骨を折ったそうである。ようやくデパートに行ったハル君だったが、ロボットを抱えた時にはすっかり夢中になっていて、泣いたことなど忘れた様子に、両親もほっとしたとのことだった。

私たち大人も、五歳児になっていることがある。「幸福を約束してくれた」のに守られなかったと感じる時、「将来を約束されていた」はずなのに、成功しなかったと思う時、人は憤ったり、絶望したりする。だが約束とは、その本質において叶えられるものなのだ。だから最後まで生きてみないと分からない。スーパーのおもちゃ売り場に固執してしまうと、より良いかたちで叶えられていることに気づかないのである。

良き両親の約束は果たされる。それを信じて生きることができれば、私たちは幸福な子どもなのである。

助け手は現れる

心の奥に折りたたまれている記憶をそっと広げてみると、そこには、まだ小学生だった時の光景が消えずに残っていて、細部まで生き生きと鮮やかであることに驚く。

私にとって、小学校の入学は新しい世界への大きな入り口だった。学校に通い、勉強をする小学生になったことが誇らしく、自分はもう子どもではないとさえ思っていた。その辺りが本当に子どもだったわけで、今思うと恥ずかしい。

そんな幼い自負心が、入学二日目には、早くも危機を迎えた。教室の外の廊下には、壁に上下二列のフックがついており、生徒は自分の出席番号の記されたフックに、運動靴をいれた布袋をかけておくことになっていた。

だが、私の場所には、すでに誰かの靴の袋がかけられていたのである。たったそれだけで、私は泣き出してしまった。涙を拭いていると、廊下に遠慮がちに立っていた一人のお母さんが「どうなさったの」と近づいて来てくれた。その誰かのお母さんは優しく、両方の袋に書かれた名前と出席番号を読んでくれ、間違えた子の袋を正しい場所に戻してくれた。

私はああ、そうすればよかったんだ、と学んだ気持ちになったが、それ以上に、子どもの背丈に体をかがめ、世話をしてくれた人の優しさが身に染みた。その時、六歳の子どもは、この新しい世界には、切り抜けて行くべき困難や課題が沢山あるらしいこと、だが本当に困った時には、助け手が現れるということを悟ったのだ。

その日から一年生の生活が始まった。革のランドセルが教科書や漢字ノートを入れ、日々を運んだ。困難は本当にあったけれど、天国から最強の暖かい助け手に見守られていると信じていたから、幸せな子どもだった。

感謝力

感謝の念は、人の心の奥から自然に湧き上がって来る。それは、与えられた恵みを知って、喜び、そして謙虚になる瞬間だ。だが、強制されて、感謝を表さなければならないとしたら、これほど重い仕事はない。

子どもの頃、母の日に感謝状を作ったことがあった。母に喜んでもらおうと、感謝の言葉を連ね、デザインも美しい賞状を作って贈った。母は気に入ってくれ、私もそれで嬉しかった。ただ、どうやら気に入られすぎてしまったようで、翌年から毎年、義務のように作ることになってしまったのである。感謝の気持ちがないわけではないのに、何だか、「感謝する喜び」が失われてしまったようで、気が重かった。

母は亡くなるまで、一枚ずつ増える感謝状の束を、枕許に飾っていた。

賞状の文章を、毎年新しく考えるのは大変だったが、このおかげで、感謝力とでもいう力が鍛えられたかもしれない。

感謝力とは、人間を幸福にする力である。賞状を贈られた母も幸福だったと思うが、贈った子どもも、また幸福だったのである。感謝の言葉を考えることで、日々の中に、嬉しかったこと、誇りに思っていること、大切だとわかったことを見つけていたのだ。

幸福に恵まれたから、感謝するのでは、感謝力は働かなかっただろう。人は、感謝をすると幸福になるのである。幸せの種子は、探すほど見つかり、数えるほど増えていくような気がする。母の中に、いろいろな美点や長所を見つけてあげることで、母はより素晴らしい人になっていただろうか？ 私の感謝力は小さかったので、その辺りはよくわからない。ただ、年に一度の母の日に、子どもから贈られる感謝のおかげで、幸福な人であったとは思っている。

無茶な励まし

私たち人間は、絶えず前に進もうとし、自分自身を発揮していくことを喜びとする生き物であるらしい。前に進まないではいられないくせに、努力をふり絞らないと新しい一歩を踏み出せない苦労の多い生き物でもある。

子どもの頃、或る演芸番組を見た。二組の若手漫才師が面白さを競うコーナーがあり、その日も一組が勝ち、一組は負けた。番組の終わりに、出演者全員が舞台に並んだ時、負けたコンビは悲しそうに後ろの列で、皆の陰に隠れるように立っていた。すると、司会をしていた先輩漫才師が怒鳴ったのである。「遠慮せんと、前に出て来い！　後ろにおるから負けるのや。人に勝とうと思ったら、何でもええから前へ出て来い！」。そして彼は本当に二人を引っ張って、前列の中央に立たせてしまった。

何という無茶なことを言うオジサンだ、と私は呆れ、二人の若者に同情したが、不思議に「何でもええから前へ出て行け」という言葉は強く心に残った。確かに、上手になってから、世間に出て行こうと思っていては、いつまでたっても上手にはならない。前へ出て行き、経験を積むことによって、人は段々上手になっていくのである。そして競争に負けたとしても、自分が新しい一歩を踏み出したことに比べれば、それは些細なことなのだ。芸人なら、勝とうが負けようが、ニコニコして、まずはお客に顔を覚えてもらえばよい。

小さな芽から巨木が育つ。新しい一歩は小さな勇気で始まるのだ。

その先輩漫才師は才能ある人で、怒鳴り声もすさまじかったが、二人を引っ張った手は暖かかったと思う。

もう亡くなって久しいが、彼の無茶な励ましをなつかしく思い出す。

待つ仕事

暦の上では待降節、御降誕を待つ季節が始まった。

気がつけば、私たちの日常は、数えきれないほどの「待つ」ことで出来ている。順番を待ち、返事を待ち、毎朝、電車が来るのを待って通勤、通学する。そしてその一方で、待たせることに罪悪感を持ち、「お待たせしないように」全力を尽くして働く。

だが、サービスを受ける時に起きる、些細な不手際や待ち時間を怒っている人を見ると、その人には事情もあるのだろうけれど、私たちは、待つ能力が衰えてきたのかもしれないと気づかされる。

この地球上に、人間中心の社会を作り、効率の良さを追求してきて、私たちはずいぶん思い上がってしまったようだ。不便や不快、不本意なことを我慢せず、他人に当たり散らす前に、待つ心の深さを知り、謙虚でありたいと思う。

一二月になると、私の通っていた小学校では、アドベントカレンダーが作られて壁に貼られていた。クリスマスまでの日付が小窓になっていて、一日開けるごとにお祈りを捧げるのである。生徒が全員、熱心に祈ったわけでもなかったろうけれど、四週間をかけて、一日一日とクリスマスを待つ心は育てられたような気がする。

待つとは静かな仕事だ。何もしないでいるように見えながら、深いところで心を働かせている。人の世にあって、多くの場合、待つとは、苦しみや悲しみと共に過ごすことかもしれない。災害、病気、愛する人の死。それらがやがて、時間によって別の形に変わること、傷が癒やされていくことを信じる、それも待つという仕事だ。

見守っていて下さる大きな存在を知れば、小さな自分でも待ち続けることが出来る。そして、彼方に希望の明るい星を見つけることも、きっと。

清らかに

一茎の光

私はクレソンというほろ苦い野菜が好きで、居間の隅にガラスケースを置いて栽培している。きれいな水に浸したスポンジに種を播き、小さな芽の成長を見守るのは楽しい。ほっそりとしていた茎が逞しくなり、沢山の葉をつけ、やがて深緑の小さな森が水辺に生まれる。

ただそこに緑の植物が育っているだけで、その一画の空気は清くなり、明るく澄んでいくようだ。水と陽の光だけで育つ慎ましい植物が、そんな力を持っているのである。

人が孤独であったり、つらい体験をしたりして心が傷ついている時、動物を飼ったり、植物を育てたりすると、癒やされることがある。私も、悩み疲れてしまったような日、植木や花々の世話をすると、心が慰められ、潤ってくることがある。そんな時は、私自身の中で萎れそうになっている花々もまた水を注がれ、光を与えられて、ほんの少し生き返るのかもしれない。草花を育て生かしているつもりで、いつの間にか自分が生かされているのである。

自然と共にいる時、私たちは人間も自然の一部であることを思い出す。自分を忘れ、自然の中の放つ明るい光に触れていると、素朴な喜びが湧いて来る。それは私たちもまた光を宿す生き物だからだ。人の中にある光は、自然の光と呼び合い、またお互いを照らし合う。私を生かしてくれるのは、そんなふうに助け合って生きる生命たち、そして一茎の草の中に、そして人の中にあって、静かに照らしてくれる清らかな光である。

心の器

豊かな心。それはどんな心のことだろう。心は誰の裡にもあってその人自身でもある。心はその人を入れる器とも言えるだろう。豊かな心とは、自分の喜怒哀楽だけでなく、美しい自然や遥かな時間、時には自分以外の人々をも抱き入れることの出来る器ではないかと思う。そんなことを考えたのは、或る光景を見た時だった。

夕方、都心のバスに、四歳くらいの男の子と母親が乗って来た。疲れて、ステップに足も上がらない男の子を、母親が叱りつけながら、引きずり上げるようにして、やっと乗車した。男の子は泣き声で駄々をこねている。母親も抱っこかおんぶをしてやりたいけれど、小柄な彼女にはままならない。男の子をぶら下げるようにして、困っていると、一人掛けの座席から、女の子がすべり下りて、「ここにどうぞ」と小さい声で言った。五歳か六歳くらいに見える。座らせてもらった男の子は、丸めた毛布のようになって、すぐ眠ってしまった。

小さな男の子を救ったのが、体力のある大人たちでなく、同じ無力な子どもであったとは。そう思って、私は胸を突かれた。だが、女の子にとっては、自然なことだったのだろう。女の子には男の子と母親のつらさがわかり、当たり前のように、二人へ心を傾けたのだ。身体は小さくても、その時、傾けて二人を入れた器はとても大きく、豊かだったに違いない。

男の子の母親は、身体を屈めて、女の子に御礼を言っていた。本当に嬉しそうに。育児の苦労や孤独が、どれほど軽くなっただろう。女の子も嬉しそうだった。子育てをしている母親も、愛情にあふれる豊かな心の器を持っている。思いやりをこぼし合っている二つの器は、豊かに輝いているように、私には思えた。

悲しみの層

「他人に悪いことをしてはいけない。なぜなら、された人はそれをゆるさないし、決して忘れないからだ」と、子どもの頃の私は思っていた。おそらく私自身が、つらかったことを忘れられない子どもだったからだろう。

人の心の中には「悲しみの層」があるように思う。誰にも言わず、自分の中にたたみ込んだ苦しい思い出が積もった地層のようなものだ。このつらい記憶の地層を抱えているのは重く苦しい。全て忘れて何もなかったことにしたい、とさえ思う。

だが不思議なことに、この地層は汚れた水を濾過して清らかな水に変えてくれる大変重要なものなのである。つらい経験やその記憶が、人の中で精妙な濾過装置になって、他人への優しい感情を生むのだ。

「僕にはすごく優秀な兄がいてね、学生時代の僕はいつも教師から兄と比べられて、本当につらかったんだ。だから僕の生徒には、兄弟の話は絶対にしないんだよ」と言った中学の先生がおられた。これはまさにつらい経験が濾過されて、思いやりを生んだ例の一つに感じられる。この先生が生徒に思いやりを持って接する時、先生自身も古い悲しみから癒やされておられるのではないだろうか。

人は、自分のことを忘れ、誰かを癒やそうとした時に、その思いによって初めて自分が癒やされる存在であるらしいのだ。

人がつらい記憶を忘れないでいるのは、決して復讐などのためではなく、いつかその記憶を活かして、善きものを生むためなのかもしれない。そう思うだけで、私もまた癒やされる。

キャンドル

「勇気がある」とは、思い切って大胆な行動を取った人や、未知の領域に挑む冒険家に対する賞賛の言葉のようである。それが間違いだとは思わないが、本当にそれだけだろうか。勇気とは、むしろ普通の人が普通に生きる、日常の中に秘められているものではないだろうか。

我が家の次女が、会社の研修で、或る人気のレストランで働いたことがあった。白いシャツを着るのが決まりだったが、或る日、持ち帰ったシャツを見て驚いた。左袖に、黒く焦げた小さな穴が沢山あいていたのである。

多くのレストランと同じように、そこでも、希望するお客様にはバースデイケーキのサービスをすることになっていた。その晩、いつものように音楽を流し、照明を暗くして、娘がケーキを運んだ時、華やかに火花を散らすタイプのキャンドルが、火花を散らし過ぎた。だが、火の粉が腕に落ちてきたからといって、従業員が騒ぐわけにはいかない。彼女は何事もなかったかのように、皆で声を合わせてハッピーバースデーを歌った。娘が火傷の痛みをこらえ、人様の喜びを損なわないように、笑顔で歌っていたのだと知って、私の胸にも、沢山の小さな穴があくようだった。

でもそれは、彼女の静かな勇気だったのだ。彼女の中に、いつからそんな力が宿っていたのだろう。気がつかないうちに成長していた子どもは眩しく見えた。

勇気とは、強い者に向かって行く意志である。最も手強い敵は、自分自身の中にいるのだ。彼女のように、自分と戦いながら、静かに義務を果たしている人は大勢いることだろう。世の中の幸福は、こういう無名の人の勇気に支えられているのではないかと思うのである。

「台所のマリアさま」

五月は聖母月。美しい季節の訪れである。豊かな自然の恵みの中から、清らかな花々を聖母に捧げるのは、心洗われる喜びだと思う。

イギリスの作家、ルーマー・ゴッデンの「台所のマリアさま」には、「人を喜ばせるために自分の出来ることを捧げる」という美しい行いが描かれる。九歳のグレゴリーの家には、ウクライナから来た初老の家政婦マルタがいる。忙しすぎて家にいないグレゴリーの母に代わって、家事をし、料理をするマルタの後ろ姿を見ながら、グレゴリーは安心して台所で過ごすことが出来た。戦争難民で、全てを失ったマルタの孤独を癒やすために、イギリスでは買えないウクライナ風の聖母子像（イコン）を、手作りしようとグレゴリーは決心する。他人が大嫌いで、自分の殻に閉じこもっていた無口な少年にとって、手芸材料を集めるための交渉は大変な苦労だった。だが、マルタを喜ばせたい一心で努力するうちに、彼自身の孤独の殻が破れる。イコンが完成して、癒やされたのは、本当は誰だったのか。

人は自分の中にある優しさに、自分自身が癒やされることがある。彼のために料理をするマルタの後ろ姿から、母性に満ちた愛情を受け取った少年は、自分の中にも、優しさと勇気を見出すことが出来た。それが彼自身を癒やし、成長させたのである。グレゴリーもマルタも自分の出来る精一杯をお互いに捧げた。そしてそれ以上の恵みを受け取ったのである。

聖母月のマリア像に祈る時、この二人の暖かい台所を思い出す。孤独は癒やされるものだということも思い出す。

人々と共に

笑顔

「おおらか」という言葉には、大空の広がりと穏やかさがある。空のように大きく優しい心を持ちたいと思っても、人間にはなかなか難しいことのようだ。

或る時、小さな子どもを連れた三人の若い母親たちに出会った。三人はちょうど別れるところで、一人が去った後、二人が私と同じ方向に歩き出した。二人が別れて来たもう一人の友人について話しているのが聞こえた。「あの人はいつも明るく笑顔でいて、偉いわね」「本当。ご家庭が大変な時なのに。幸せな時は、誰だってニコニコするわよ。でもつらい時に、笑顔で他人に親切にするなんて、すごいことよね」

聞いていて、私も感心した。世の中には、しなやかで強い心を持った人、おおらかな空のような人が本当におられたのだった。そして、友人の美点を褒める二人の女性の素直さにも感動を覚えた。

彼女たちが言う通り、私たちは人生がうまく運んでいる時は、他人にも寛大で親切を惜しまない。だが、人生がうまく回らず、何かを乗り越えなければならない時には、その人の本質が現れる。

人間にとっての幸福は、自分で作り出すのではなく、人から渡されるものなのである。そして感謝の気持ちを持てた時に、初めて受け取れるものなのである。

つらい境遇にある時も、笑顔で明るい女性は、幸福が人から来ることを知っている人なのだろう。様々な心遣いが差し出されていることに気づき、感謝出来る人のように思われた。

友人の二人が、次の日には彼女を手伝いに行くような予感がした。苦労している人が親切にしてくれているのに、自分たちが親切にしないわけにはいかない。その時には、三人が笑顔になっているだろう。幸福を三人ともに差し出し、受け取り合っているだろう。

共にある

「親切は本気でしなければいけない。僅かだけ与える好意は、かえって相手を不快にする」。これは、私の戒めの一つである。誰かに親切にしようとして、失敗した経験が何度もあり、その苦さからこの戒めは生まれている。最近もまた失敗をしてしまった。

雨も風も強い日だった。歩道で信号を待っていると、隣に車椅子の高齢の女性と傘をさしながら車椅子を押す若い男性が並んだのである。雨は横殴りで、一本の傘では防ぎきれない。私は思わず自分の傘を半分さしかけた。ところが男性が「いいえ、大丈夫ですから」と強く拒否をする。信号待ちをしている間だけでも、と思ったが、再三の辞退に会い、それは叶わなかった。別れ際に、女性が気を遣って会釈して下さったが、膝も足もかなり濡れておられ、私の方が申し訳ない気持ちで一杯になった。

声のかけ方が悪かったのだろうか、どうすればよかったのかとクヨクヨ考えてから、やっと自分の戒めを思い出した。私は「ほんの短い間でいいから」傘に入ってもらおうとしたのだが、彼らは「ほんの短い間だから」断ったのである。本当に助けを必要としている人にとって、形だけの親切など不快であり、迷惑に過ぎなかったのだ。

私たちは一つの身体を持ち一つの魂を持ってこの地上に留まっている、という点では同じだが、置かれている場所にはずいぶんな違いがある。人生は不公平だ、と思っている人は多い。様々な条件のもとに生きている者が「共にある」時、最も必要なのは相手の身になった理解と思いやりなのだ。私たちは何のために「共にある」のか、それを考えれば、自然に手は伸ばされていくように思う。

評価する

自分自身を正しく評価するのは難しい。心理学の研究によれば、人が自分を評価する時、ほとんどの人が「平均より上」と位置づけるそうだ。どれくらい上なのかは、人によってまちまちだが、どれほどにせよ、自分は他人より優れているというささやかな優越感と自負心を持って、人は生きていくものらしい。

実力に少しおまけをしても、自己評価が高いのは良いことだと思う。少なくとも低すぎるよりは良い。たとえ他人に理解されなくても、自分には色々な魅力や能力があるのだと誇りを持ち、自分を信じていれば、困難に遭っても道は開けるだろう。それも一つの幸福な生き方だと思われる。

だが、悩まされるのは他人からの評価である。懸命に努力していても、周囲に届くとは限らない。私も小学生の時、道徳の筆記試験で満点に近い点を取ったら、クラスメートに「点の方が良すぎる」と言われて泣いたことがあった。つまりは、日頃の行いが伴っていないから、良い点にはふさわしくない、人間としての価値はもっと下である、という厳しい評価を貰ったわけである。教科担当のシスターに「謙遜になるからいいのよ」と慰められたが、一体どうすればいいの、という気持ちであった。

理想は自分自身からも、周囲の人々からも、そして社会からも評価されることだ。それは小学生に難しく、大人にとっては更に困難な課題であるに違いない。

だが不思議なことに、私たちは人に勝ち、高い評価を得ようともそれだけでは満ち足りることができないようである。努力をしてきた人ほど、人の世の評価が全てではないと悟るのかもしれない。

その時、魂は私たちに何と囁いてくれるだろうか。

ディケンズのクリスマス

一八四三年に刊行されたチャールズ・ディケンズの小説「クリスマス・キャロル」には、産業革命後のイギリス社会のクリスマスが描かれる。クリスマスが王侯貴族のものだった時代が終わり、多くの家庭で祝われるようになった頃のことである。

「クリスマスは親切と、許しと、恵みと、喜びのときなんです。長い一年のなかでもこのときだけは、男も女もみんないっしょになって、ふだんは閉ざされた心を大きく開き、自分たちより貧しい暮らしをしている人たちも、墓というおなじ目的地にむかって旅をする仲間同士なのであって、どこかべつの場所へむかうべつの生きものじゃないんだってことを思い出すんです」（脇明子訳・岩波少年文庫）

金儲け主義者で無慈悲な伯父スクルージに、甥のフレッドが訴える。クリスマスの精神は思いやりと助け合いにあるのだと言う彼は、篤志家でも教師でもない、ただの普通の人である。

この普通の人が、まるで天から贈られたように、善きものを心の中に持っており、それを信じている姿には、読んでいて感動させられる。

クリスマスとは、人が自分の内に善きものを見つける季節ではないだろうか。私たちは皆、普通の人である。他人への親切も、いつも出来るとは限らない、その程度の生き物だ。だが不思議なことに、クリスマスには、贈り物を準備したり、募金や奉仕をしてみたり、気がつけば、人のために心を尽くしている。そしてそれが苦労や犠牲であるほど、妙に嬉しかったりする。そんな時、私たちは自分の中の善きものに触れているのだ。

この季節、私たちは一人一人が神から愛されているのだということ、幼子イエスという最大の贈り物を受け取っているのだということを思い出す。そして自分たちの内にいる善きものをそっと揺さぶり目覚めさせてみるのである。

支えてくれた言葉

気がつかないようでも、人は様々なものに支えられて日々を生きているのだと思う。人には心という厄介なものがあって、助けなしには、とても一人では持ち運べないのである。最も大きな支えは、やはり「人」だ。自分を理解してくれる家族や恋人、友人たち。幼い子どもや孫も、生きる張り合いになってくれる。また、ペットや音楽に癒やされたり、過去の思い出や将来の夢に支えられる人もいるだろう。人は沢山の心の支えを必要としているのである。

昔、或る年長の詩人から、一枚のはがきを頂いた時のことを憶えている。はがきには、御自分が高齢になられた感慨と私の詩を御覧になったこと、そして最後に、「このような詩が読めるなら、生きていたいと思いました」

と書かれていた。私は驚き、恐縮してしまった。自分などの詩が、本当に誰かの生きる希望になり、生きる支えになったのだろうか。そのままを真に受けることは出来なかったが、それでも「生きていたいと思いました」という言葉は、温かい雨のように私の中に降り注ぎ、滲みていった。

私は生まれ変わったように詩を書き始めた。やはり、その言葉は大きな励ましと、支えになったのである。つらい時には、その言葉を思い出し、わざわざはがきを下さった先輩の優しさを思い出した。

当時は若く未熟で、高齢になった人の言葉の本当の重さは、まだ分かっていなかっただろう。ただ、誰かの長い人生で、一日の喜びとなるような言葉の仕事をしたいと思っていた。そして、その仕事をすることで、書き手も支えられ、生きていけるのだとも思っていた。だがそれがとても難しい仕事だと悟るのは、ずっと先のことであった。

共におられる神

困難に直面した時、誰かが一緒にいてくれれば、それだけで心強いものだ。

以前、空港の到着ロビーで、スーツケースの中身をかき回すようにして何かを探している女性を見たことがある。彼女が探していたのは携帯電話で、早く家族に電話しなければという焦りと大事な携帯を海外でなくしてしまったかもしれないという心配で、彼女ははちきれそうになっていた。そばには友人らしい女性がいて、彼女を落ち着かせようと声をかけながら付き添っている。友人の女性は疲れて見え、早く家に帰りたかっただろうに、辛抱強くいつまでも彼女に付き合っていた。

よくある光景の一つなのだが、「共にいる神」という言葉から思い出すのは、この場面なのである。私は通り過ぎただけなのに、この二人を今も覚えているのはなぜなのだろう。

そばにいてくれる友人の存在は心強い。だが、「友人」を「神」に置き換えてみると、私たちは更に心強くなり、そして励まされる。遠い雲の上、天のどこかではなく、人々の中にその存在は感じられる。例えば、疲れや痛みをこらえている人、悩む人、孤独に苛まれる人のすぐそばに。その気配に気づくと、不思議なことに、私たちは自分を粗末に出来なくなる。他人を粗末に出来なくなる。

なぜならこの気配は、私たちが多くの欠点を持っていることを思い出させるからである。そしてその欠点にもかかわらず、許されていることを感じさせるからである。それならば、その無言の言葉に私たちもならわなければならない。

空港の雑踏の中で、夜ごとの夢の中で、私たちはいつも何かを探しているようだ。だが求めてやまない人間のそばに、静かな気配はいつも共におられる。

遥かなるもの

旅立ち

日本語は本当に豊かな語彙を持つ言語であると、折にふれ思う。人が亡くなった時も、「死ぬ」という言葉を言い換えて、「永眠する」、「旅立つ」、「儚くなる」などと婉曲に表現する。そこには不吉なものを避けるという意図もあるだろうが、むしろ死を崇高なものと考え、死者を敬う心が込められているように思われる。

これらの言葉からは、それぞれ、死は永遠の眠りであるとか、人の一生は儚いものだという日本人の死生観が窺えて、興味は尽きないのだが、私にとって、特に意味深く思えるのは「旅立つ」という表現である。肉体が灰になっても、それで終わりなのではない、人には不滅の魂があるのだと、この言葉は示してくれているからだ。

祖母が亡くなって、喪中のご挨拶を出した時、お悔やみの御返事を頂いたことがあった。高名な詩人からのおはがきで、「大切な方が旅立たれ、お寂しいことでしょう」と書かれていた。何だか、祖母が長い旅行で留守にしているかのようである。ふっと気持ちが和らいだ。そうだ、きっと祖母の魂は、生前の思い出の場所を巡り、それから明るく長い旅に出るのだろう、と思うと、悲しいことに変わりはなかったが、頭上で空が広くなったようであった。

私たちはまだ地上の旅人である。日々の旅に苦労し、生きることに精一杯だ。だが、肉体が地上の旅を終えたあと、魂が新たな旅に出るのだ、と考えると、驚くほど心が落ち着く。やはり私たちは、永遠と呼ばれるものに結びつけられていたいのだろうか。

魂の静かな存在を自分の中に知るだけでも、生きることが楽になるようである。

手話通訳者の「永遠」

昨年のことになるが、ミサにあずかっていた時のこと。壁際の席に、高齢の母娘連れがおられた。御母様のために、娘さんが手話で祈りの言葉を通訳される。御母様からはよく見えるよう、他の人々には邪魔にならぬよう、壁と柱に隠れるように立ちながらの、心優しい手話だった。

手話で「遠い」と表現する時は、まず左手の指先に右手を寄せ、そこから右手を大きく離して距離を示し、「遠い」と言うらしい。信仰宣言の「体の復活、永遠の命を信じます」を唱える時、娘さんは「遠い」という動作をされた。そして、右手をそのまま更に高く、鮮やかに頭上に伸ばした。それは「永遠」という言葉であるらしかった。「永遠」は遥かな高みにあって、それでも、人の手のすぐ先、届きそうなものに見えた。

復活を信じるということは、ただ死者が甦ることに留まらず、永遠と永遠の命を信じることなのだと、その手は言っているようだった。

大切な人々を亡くした時、人はなかなかその死を受け入れることが出来ない。悲しみや喪失感、あるいは自責の念に打ちひしがれる。だが、苦しみの長い時間の果てに、私たちは気がつく。死者はいなくなった訳ではないことに。苦しみをくぐり抜け、浄化されて研ぎ澄まされた心だけが聴き取れる声があるのだ。それは生者と共にいる死者の励ましの声のようでもあり、永遠というものの気配のようでもある。

日常の雑事に埋没してしまう私のような者に訪れてくれるのは、ささやかな出来事ばかりだ。私にとっての復活と永遠は、たった一人のために立ち続けて、祈りの言葉を伝える手が指すものであり、またその手に与えられ、私たち皆を光のうちに包むものなのだと思っている。

老いるにも意味が

季節が春から夏へひらかれ、秋へと熟し、やがて冬となって、静かに澄み渡っていくように、人も生まれ、成長し、老いていく。

老いとは人生の季節の一つであり、老いるとは生きることなのだと、誰かが教えてくれているかのようだ。「老いる意味は何か」という問いは、「生きる意味は何か」という永遠の問いの一節なのだろう。

ところが人間は、そのように自然の一部でありながら、本能を越えて、常に何かを与え合う不思議な生き物でもある。

この「与え合う」という習性は、人が生きる上で、また人の社会が機能する上で、不可欠なものらしい。人は何も持たず、無力な状態で生まれて来る。世話をされ、教えられ、愛情を注がれて成長する赤ちゃんは幸福だ。

そして、多くを与えられるほど、子どもも生きがいや喜びを豊かに周囲の人々にもたらしてくれる。成人になれば、自分の技能や時間を使って、社会に貢献するが、自分の仕事が認められ、感謝されることもまた喜びだ。誰かを助け、役に立てることほど大きな幸福はない。

人が何かに生きがいを感じ、幸福に思うなら、そこに人の生きる意味が隠されているのではないだろうか。人は愛され、助けられて幸福になり、また助けることで幸福になるようだ。長い人生を経てきた人は、多くを与え続け、多くを与えられて来て、人の世の幸福をよく知った人なのではないかと思われる。

「静かに心を澄ませなさい。身体が老いたために出来なくなった事柄を悲しむ必要はない。それらは、あなたには不要になっただけなのだから。心を澄ませて、本当の幸福を思い出しなさい。あなたが望む限り、幸福は続く」そんな声がよく聞こえるように、冬は静かに澄み渡るのかもしれない。

無限の可能性

学生の頃は、年長者から「若さとは素晴らしいものだ」とか「若い人は無限の可能性を持っているのだから」などと言われる機会が多かった。その度に、就職もままならない自分たちのどこが素晴らしいのか、若者には無限の可能性などなく、ただ未来が未決定であるに過ぎないのに、と胸の内で思い、ため息をついていた。

今の年齢になっても、同じように思う。そもそも、「無限」や「永遠」などは人間の持ち物ではないのである。人間は能力も寿命も限られた儚い生き物で、そのポケットには「無限の可能性」など収めきれない。

だがよく考えてみれば、人間は、限りある者ならではの「無限の可能性」を持っていると言えないだろうか。確かに人間の一生は短く、野心を達成できないうちに終わる場合も少なくないが、自分たちが滅んだ後、次世代に仕事を引き継ぐことが出来る。そして数世代をかけて、壮大な仕事を成し遂げるのである。

また、単独では生きられず、他者の助けを必要とする不完全な生き物だけに、集まって協力し合う習性がある。それぞれが異なった個性を備えているのは、助け合いが喜びであるように、という意味があるのだと思われる。高い能力を持った同じ個体が揃っているより、あらゆる能力を持った様々な個体が助け合っている方が、どれだけ生物としては強く、確実に生き残っていけるだろうか。

そして人間は、自分の有限性に留まらない。欠けたところを埋めるかのように働きたがる。新しい技術、積み重ねられる研究、創造される芸術、思想。それは人間が限界を広げ、その外にある永遠なるものに触れようとしている証のように思える。

一人の「私」は有限でも「私たち」は無限なのである。「若い人はいいねえ」などと言っていた老教授も、実は無限の可能性を持っていたのだ。

永遠の一部

曾祖母は「ご隠居様」と呼ばれて、南向きの離れで、静かに暮らしていた。特に何をしてもらったという記憶はないが、幼い私が訪ねて行くと、大げさに驚いたふりをして迎えてくれるのが嬉しかった。現役を退いて仕事はしないが、老いてなお敬われ、労られて、穏やかな日常であった。祖母たちも祖父たちもそれぞれ家族から大事にされていて、年長者を敬うことを、幼い頃から、私も自然に学んだのだと思っている。

収入をもたらす人、役に立つ人だけを重んじるとしたら、それは自分の都合のために、人を利用しているだけのことになる。だが、働き終えた人を大事にする時、私たちは人生そのものに敬意を払っているのである。曾祖母もごく普通の人で、偉人でも何でもなかったが、家族は曾祖母を大切にした。それは、人が人生を最後まで生きるということに敬意を表したのだと思う。

高齢者の時間は、季節で言えば冬のようなものではないだろうか。寒くて身体も動かしにくいが、冬がなければ四季とは言えない。人間も老いという時期を経験して、初めて人生が完成するようである。

そして、最後に訪れる冬と、あらゆる生命が始まる春が隣り合わせになっているように、高齢になった人と幼い子どもは、並んで親しく心が通じ合う。どちらも大人たちとは違って、社会を支える仕事や立場から自由なので、話が合うのかもしれない。

祖父母と孫が手をつないで歩く姿を見ると、ほっと暖かい気持ちになる。一人一人の寿命が尽きても、越えて続く時間があることを思い出させてくれるからだ。人は、人生という限られた時間を生きるのと同時に、永遠の一部を生きている。それを畏れとも喜びともしながら、人生を最後まで生きていきたいと思う。

光の方へ

希望の種子

小児科の待合室で、赤ちゃんを抱いている若いお母さんたちを見かけた。乳児検診の日だったらしい。隣り合って座ったお母さん同士には親しげな会話も生まれていて、幸福が灯ったように待合室は明るかった。

子どもは柔らかな希望の種子である。まだ何ものにも染まらない無垢な赤ちゃんが愛され、守られているのを見る時、私たちはほっとして、不思議なほど満ち足りた気持ちになる。それは私たち人間の本性が善であることの、ささやかな証明のように思う。

フィリピンのスラム街に飾られたクリスマスの馬小屋の写真を見せて頂いたことがある。ごみの中から拾ってきた材料で作ったということで、全てが寄せ集めである。板の壁は倒れないように、水を入れたペットボトルが結びつけられている。馬小屋の真ん中には、派手なお祭りの飾りに覆われた丸いバスケットが置かれている。その中にいるのは褐色の肌をした赤ちゃん人形で、バスケットの両側にいるのは、背の高い東洋の木彫りの像と、ヨーロッパ風の青い目をした少年の人形だった。

だが、この傷んだ人形たちのクリスマスに、私は胸が締め付けられた。これが私たちの本当の姿なのだと思えたのである。ご降誕に集まったのは捨てられ、傷ついた者ばかり。でも世界中の様々な国から集まったのだ。無垢で無力な幼な子の姿で、私たちの傷の上に降りて来られた方があった。そして光となって、人々を癒やし導かれた。

私たちは皆傷ついた者だ。だが光を知って癒やされ、恢復する者でもある。柔らかい希望の種子である幼な子たちが幸福に育ちますように。それは私たち癒やされた者の祈りなのである。

宝石の首飾り

宝石は美しい。サファイア、ルビー、ダイヤモンド。地下一〇〇km余りの深さにある火成岩が熱と圧力によって、美しい結晶になる神秘を思う。

私たちにとって、地上は苦労の多い所だ。真面目に努力する人、良心的な人ほど生きることはつらい。人の世は理不尽に出来ているからだ。理不尽に打ちのめされ、気持ちがくじけた経験をした人は多いのではないだろうか。

くじけた時、人は孤独に沈む。望みが失われると同時に、世界そのものが遠ざかり、何もかもが自分と関係ない存在になる。喜びや嬉しさ、楽しさの感覚がわからなくなり、身体が動かしづらくなる。心の中が苦しさで一杯で、疲れきっているのに眠れない。夜の底に横たわって、時間が頭上を通り過ぎるのを待つだけだ。

だが、そんな日々も人生の宝石なのかもしれないと思う。目には見えないけれど、人は皆、その胸に宝石を飾っているのではないだろうか。一粒一粒が日々を表す宝石の首飾りを。ふんわりと楽しかった日はピンク、情熱を燃やして充実した日は紅……そして黒い粒の連なりもある。失意に沈んだ日々の結晶だ。だが、この連なりが一番美しい。良き心を持っているがゆえの苦しみ、悩み。耐え難いように思われても、過ぎた後は、それが生きた証として最も深く大きく輝くのだ。

そしてその漆黒の奥には、輝く星が見える。私たちがつらい時、静かにその苦しみを照らし、歩く道を教えてくれた星だ。いつも私たちの心に寄り添っていてくれる光。この世の生を終える時、身体に巻いた宝石の飾りと共に、私たちは昇って行くのだろう。ささやかな努力を、その時初めて誇りに思いながら。

演説と文通

或る政治家の夫人の講演を聞いた事がある。夫人は障害のある子どもたちを支援する大きな団体を主宰していて、大変話術が巧みな方だった。子どもたちの映像を見せながらの講演は感動的で、聞いている人々は笑ったり涙ぐんだりした。まるで目に見えないロープが彼女のマイクから伸びて、会場の人々を繋ぎ、ぐいぐいと引き寄せているかのようだった。私は何だか興奮して夫人に協力したくなり、高額の寄付をしたくなった。私だけではなかったろうと思う。ところが、講演が終わって会場を出ると、不思議なほど熱は冷めた。そして数日もたたないうちに、熱意も関心も、完全に私の中から消えてしまったのである。

私の敬愛する詩人で、病気で療養中の方と文通をしておられる方がある。

励ましが必要な方に手紙を送って交流しておられるのだ。フルタイムの仕事を持ち、家庭があり、詩人として原稿を書いた上での文通である。だから何人もの方に書けるわけではない。

そのうち一人の方の病気が進み、視力が弱くなられたので、手紙はカセットテープでの「声」の文通になった。視力が衰えて、どれほど辛かっただろう。そして自分を気遣って届けられた声に、どれほど支えられ勇気づけられただろう。この人がいてくれるから生きよう、と思ったのではないだろうか。手紙を送り合ううちに、二人の心は近づいてしっかりと繋がったのだ。

聴衆を熱狂させる話術も人を繋げることはある。だが本当に人を救うのは、時間をかけて育まれ、その人の喜びにも辛さにも寄り添う心の繋がりではないかと思う。

エマオへ行く途中

希望とは暗闇の中の小さな灯である。太陽が照っている昼間には、その灯は見えない。だが暗闇を歩く時、その明りは私たちと共にある。ヘルメットのライトが地下で作業する人々を助け、灯台が船を安全に導くように。それらは皆、誰かが作ったものだ。太陽の熱のように無償で与えられたものではない。希望は人間が勇気を奮い起こして灯すもの、消えないように心を配る大切な明りでもある。

キリストが十字架にかけられ、葬られた後、弟子たちはどれほどつらい思いをしただろうか。文字通り世界が暗黒になったと感じたに違いない。

二人の弟子がエマオに行く道中、復活したキリストと出会う（ルカによる福音書24章13～32）。見知らぬ旅人が一緒に歩きながら語ってくれる言葉に二人は感心するが、旅人が甦ったイエス自身であることはわからない。宿に到着して、祈りを捧げパンを裂いた時、突然目が開いたように二人はイエスに気づく。だがそれを悟った瞬間、イエスは肉眼では見えなくなるのである。

主の復活を知った時、二人の心は晴れ、世界は光であふれただろう。それは喜びと希望が生み出した明るさだったろう。その中にイエスの姿は消えてしまう。光の中では光が見えないように。

その後、多くの弟子たちが光を灯し続け、主の言葉を広めていったのは、よく知られる通りである。彼らの乗り越えた困難を思うと、復活を信じ、希望を持ち続けることで生まれる力には感嘆するほかはない。

二千年の時間を経て今、私たちもエマオに向かう途中だ。二人の弟子と同じに悩みで心は一杯であるし、未熟で短所も多々持ち合わせている。だがそんな自分たちでも灯せるものがあるらしい。光の中から、それを教えられるような気がする。

人生を変えた言葉

詩人の団体の一つに、一般社団法人として、国際交流をはじめ活発な活動をしている日本詩人クラブという団体がある。ここで発行されている「詩界」という機関誌には、巻末にアンケートページがあり、私が編集委員だった時、こんな設問を出してみたことがあった。

「『詩を書いていきたいのですが、どうすれば、よい詩が書けるでしょうか?』と二十歳くらいの若者に訊ねられました。さて何とアドバイスしますか?」

寄せられた回答は、いずれも真摯な態度で、詩の技術から思想、心構えを書いて下さっていたが、驚かされた回答が一通あった。埼玉にお住まいの詩人、北畑光男氏のものであった。

前半は専門的な詩論なので、省略し、後半だけ紹介させて頂く。

「……また、一方においては、自分の身体をつかってどんな労働にも積極的に取組むこと。美しいものをみること、体験すること、願わくばいのちあるものの一瞬の光をみること、他者の幸せを祈ること。どう生きても一度きりの人生。その人生をふかく生きていきましょう。詩は、そんな日々の日記から生まれてくることでしょう」

心清らかな人種に見える詩人の世界も、一面では、作品の評価をめぐって激しい競争や自己顕示の争いのある戦場である。それなのに「他者の幸せを祈ること」。他者を思いやる広く深い愛を持って生きてこそ、その生き方の中に詩が生まれるのだと。拝読して、私の天地は引っくり返ってしまった。確かに、「いのちあるものの一瞬の光」を捉えることができるのは、そのように生きる意味を知るまなざしに違いない。負けまいとばかり思ってきた自分がいかに浅いか、生きることがどれほど深いものか、教えられた言葉であった。

彼方からの声

時のしるし

或る有名な服飾デザイナーの話である。彼女は華やかに活躍しているように見えていたが、自身では行き詰まりを感じ、仕事を辞めたくなっていた。気がつけば、人のために服を作ってばかりで、自分は誰からも作ってもらったことがない。

思いきって、パリのシャネルの店へ行き、自分のためにスーツをオーダーした。シャネルスーツは大変高価な贅沢品で、それだけでよい気分になれた。だが、一着のスーツのために何度も仮縫いに通ううち、彼女はつくづくと「ああ、私は作ってもらう人ではなく、作る人なんだなあ」と思わないではいられなかった。

明るいしるしに照らされたように、その時から、彼女は世界に通用するデザイナーを目指して、本格的に勉強を始めたそうである。

人生の転機に、「時のしるし」が現れることがある。もうこの道を進むのは無理だと思い、立ち止まって悩んでいる時、しるしは現れて、新しい道を示してくれる。それは尊敬している人の一言であったり、聖書の一行であったりするかもしれない。また、このデザイナーのように、自分自身の中に見つける場合もある。日々を真摯に生き、心を尽くして待つ私たちに、あらゆる形でしるしは姿を現すのだと思う。

お嬢さんが外国人と結婚したことで、その国の言葉を習い、交流を深めて、自分たちの世界を広げたご両親もおられる。初めは、異なる文化が受け入れ難く、結婚にも反対したかったけれども、いや、自分たちの狭い生き方を改める時が来たのだ、と人生観を変える覚悟をされたそうである。きっと、この外国のお婿さんは、「時のしるし」の素晴らしい使者だったに違いない。

私の好きなみ言葉

「コリントの信徒への第二の手紙」12章9節には、次のように記されている。「主は、『わたしの恵みはあなたに十分である。力は弱さの中でこそ十分に発揮されるのだ』と言われました。だから、キリストの力がわたしの内に宿るように、むしろ大いに喜んで自分の弱さを誇りましょう」

厳しい社会においては、弱い者は常に自分の弱さを思い知らされながら生きているようなもので、私もその中の一人なのだと思う。自分の弱さから正しいことができなかった、失敗してしまった等と後悔し、自分がもっと強かったら、もっと能力が高かったら……と気持ちが沈むことも多い。

そしてそんな時、私はこの言葉に支えられるのである。

「わたしの恵みはあなたに十分である」という言葉からは、「わたしがあなたを弱い者に作ったのだから、あなたはそれでいいのだ。これはわたしの恵みなのだ」という声が聞こえて来る。

そして、「力は弱さの中でこそ十分に発揮されるのだ」という言葉には、「主の力は弱い者のためにある。弱い者ほどわたしを必要としているのだから、わたしはその者にこそ十分に力を貸し、助けるのだ」と言われたようで、心が満たされる。

友人が病で一時的に身体が麻痺し、介護を受けたことがあった。その時、私は友人に、世話をされる者の強さと輝きを感じた。たとえ寝たきりで動けなくても、人々の愛に支えられた者は決して弱者ではなく、この世で最高の強者なのだと思わされた。

聖書のこの言葉を読むと、小さな者、弱き者が持つ輝きに気づくようになる。そしてその光がどこから来るのか、分かるような気がしてくる。

善きものは帰って来る

人が生きる長い時間のことを、私たちは人生と呼んでいる。百年というまさに長い年月を生きる人もいれば、それに満たない人もいる。だが、たとえ数年でも、その人の生きる意味が詰まっているのだから、その人生は計り知れない長さと深さを持っているのだと思われる。

この長い時間は、私たちにいろいろなことを教えてくれる。ささやかな経験ながら、私が学んだ一つを言葉にすれば、「善きものは帰って来る。思いがけない別の姿で」となるだろうか。

友人が、町内で独り住まいの老婦人のお世話をしたことがあった。かつて少し知られた歌人の方であったので、尊敬と親しみを持って、その方のために尽くした。が、老婦人は友人の骨折りを享受しながら、全く感謝をしない。それどころか、暴力を振るわれた、怪我をさせられた等と事実ではないことで彼女を非難して回ったのである。それで友人は、老婦人が親族からも孤立している理由が分かった。

友人の善意は、思いがけない姿で返って来たわけである。友人はずいぶん傷ついたのだが、しばらくすると、何となく近所の人が優しくなったような気がした。人々は彼女の努力を見ていて、この顚末に同情していたのである。これもまた思いがけないことであった。

善意は旅の衣を着て生まれる。人から生まれると、すぐその人の許を離れ、旅に出てしまう。人々の間を巡り、生みの親の許に帰って来た頃には、長い時間を経て、姿もすっかり変わっているので、それと分からないことも多い。

この長い旅の時間が、人の生きる時間の長さを思わせるのである。人生は帰って来る善きものを待つ時間であり、人もまた善きものであると知る時間であるのかもしれない。

永遠の春

私の住んでいる市には、三〇〇本以上の桜の木が植えられており、春には、バス通りや川沿いの道が淡いピンクの花々に包まれて、夢の光景のようになる。お花見スポットの地図も作られているらしく、満開の時期には、地図を片手に桜のはしごをする人もいて、普段より多くの人出で街が賑わう。

桜の花を見る時、その美しさに私たちは喜んで浮き立つが、同時に心のどこかで、しんとした寂しさを感じている。それは、生きるものの儚さに心が気づいているからだ。私たちはこの桜の花が、じきに散ってしまうことを知っていて、悲しまないではいられないのである。

桜の花は思いがけないほど儚い。一週間と少しで散ってしまう。花のなくなった後はただの木だ。特に姿が優美なわけでもなく、誰にも振り向かれない。一年に十四日間ほど花を咲かせ、そのためだけに生きているような木なのである。

私たち人間も儚い生き物だ。折れやすく、壊れやすい。地球上のあらゆる場所に広がって、栄えているように見えても、一人一人は脆いものだ。だが私たちは、梢一杯に咲く花の下に立って、こう思うことが出来る。「一つ一つの花は儚く散っても、桜の木は新しい花を毎年咲かせ、桜であり続ける。私たち人間も、一人一人は弱くても、力を合わせることも、次の世代に希望を送ることも出来る。そうやって私たちは人間であり続けるのだ」この時、私たちは永遠というものに触れているのかもしれない。

繰り返し、繰り返し春は巡って来る。一度として同じ春はない。人はそれぞれの自分の日々を生きていく。すべてが新しい日だ。何と喜ばしく、誇らしいことだろう。永遠を望む者として生きるということは。人間として生きるということは。

私の仕事

仕事とは何か、定義しようとすると、意外に難しい。辞書の上では、仕事とは「する事。しなければならない事」となっている。私たちが住む現実の社会では、生活するお金を得るために働くことを指すようだ。

入社試験で、「あなたにとって、仕事とは何ですか？」と聞かれた時の、模範解答の一つを教えてもらった。「家族を守り、養う手段であり、そして結果を出すことで、多くの人々に認められる喜びをもたらしてくれる、価値のあるものが仕事です」だそうだ。企業によって、多少の違いがあるにしても、社員に期待する望ましい仕事観が窺える。すなわち、仕事とは、人のためにするものである。家族を養うため、社会や他人の役に立つためのものである。次に、自分を成長させるものである。社会と人々に認められるようになり、自分の存在価値を見つける。そして、生きがいや達成感を感じるもので、打ち込む価値のあるものなのだ。

では、私にとって仕事とは何だろうか。私の仕事は詩を書くことである。詩の原稿料だけで、家族を養うことはできないから、仕事とは認められない、と入社試験の試験官からは言われてしまうかもしれない。それでも、詩の仕事とは、見えない存在に近づく仕事である、と敢えて答えたいと思う。詩は言葉で作られて、さらにその先へ進むものだ。言語の奥から立ち上がる、本来、言葉では表現し得ない場所が、詩人の目的地なのだ。そこへ近づくまでの長い時間が、詩人の仕事時間なのである。聴こえない声に耳を傾け、心を澄ませていく過程は、静かに祈ることと似ているかもしれない。

数えきれない人々の仕事、人々の祈りを乗せて、世界は動いていく。その音を書きつけるのもまた、詩人の仕事だと思っている。

あとがき

夜明け前に目が覚めてしまい、起床するまで孤独な時間を過ごす、という方のお話を伺ったことがあります。闇の中で横たわっていると、暗い思いばかりが胸をよぎる。でもラジオ番組が始まると、気持ちを変えることが出来るということでした。

早朝に放送されるカトリックの番組「心のともしび」に寄稿して十年近くになります。毎月依頼されるテーマで書いたエッセイもそれなりの数になりました。現在では、インターネットでも閲覧できますが、紙の本もよいものです。これまでの文章から、読後に気持ちを明るくして頂けそうなものを選び、一冊にいたしました。

本作りをしてくださった日本キリスト教団出版局、伊東正道様、秦一紀様に御礼申し上げます。沢山のお心遣いを頂きました。また、これらの文章を書く機会をくださった心のともしびYBU本部の神父様方にも感謝申し上げます。

今、新型コロナウイルスがもたらした様々な困難が、解決すべき課題として私たちの目の前にあります。その中でも、人との温もりのある交流を失って孤立し、閉塞感に苦しむ人々の問題が重く感じられるようになりました。「生きる」ことを切に望みながら、人々の中で生きづらく、独りではなお生きられないのが今の私たちなのかもしれません。

夜明け前。私たちはどんな目覚めの前にいるのでしょうか。人の一生が、本当の自分自身に目覚めていく長い時間であるなら、私たちの時間はまだ夜明け前です。

二〇二一年五月

岡野絵里子

岡野絵里子 おかの・えりこ
東京生まれ。

日本文藝家協会、日本キリスト教詩人会他、会員。

2010-2017 年淑徳大学にて公開講座「詩人の童話を読む」担当。

2012 年より伝道番組「心のともしび」の原稿執筆。

著作に、詩集「発語」（日本詩人クラブ新人賞）、「陽の仕事」（日本詩人クラブ賞）他がある。

『聖書　聖書協会共同訳』（2018 年）翻訳事業に携わる。

東京・カトリック潮見教会信徒。

ラジオ番組
カトリック教会がお送りする
心のともしび
詳しくは https://tomoshibi.or.jp/radio/
または「心のともしび」で検索

装丁・松本七重

目覚めていく言葉──日々を生きるために

2021 年 5 月 25 日　初版発行

著　者　岡　野　　絵　里　子
発　行　日本キリスト教団出版局
169-0051　東京都新宿区西早稲田 2 丁目 3 の 18
電話・営業 03（3204）0422、編集 03（3204）0424
https://bp-uccj.jp

印刷・製本　河北印刷株式会社

ISBN 978–4–8184–1084–8　C0095　日キ販
Printed in Japan